SINCERAMENTE

Margaret Atwood

SINCERAMENTE

Traducción del inglés de
Raquel Lanseros

Papel certificado por el Forest Stewardship Council®

Título original: *Dearly*
Primera edición: marzo de 2026

Printed in Spain – Impreso en España

ISBN: 979-13-87640-21-7
Depósito legal: B-1.088-2026

Impreso en Romanyà-Valls
Capellades, Barcelona

SM40217

Para Graeme, in absentia

Queridos lectores:

Hace poco estaba revisando un cajón de viejos escritos de mi adolescencia y de la universidad. Lo garabateaba todo: los libros de ficción, los ensayos, las obras de teatro. Y los poemas: terminados, inacabados, parcialmente terminados. La mayoría eran bastante malos, aunque había muchos. Algunos los había enviado a un par de revistas con cierta esperanza, junto con un sobre de devolución debidamente sellado, en el que —la mayoría— fueron devueltos. Estos poemas tocaban muchos temas: las peonías, la revolución húngara de 1956, el invierno, las cabezas cortadas. Lo habitual.

Estaban escritos con tinta, lápiz, bolígrafo —lo que tuviera a mano— en varios tipos de papel: rayado, liso, blanco, amarillo, azul... —de nuevo, cualquier cosa que tuviera a mano—. Al mirar los originales manuscritos de los poemas de *Sinceramente*, me doy cuenta de que mis métodos no han cambiado. Utilizo la palabra «métodos» con cautela; nunca he tenido ningún método, nunca he hecho ningún curso que pudiera haberme enseñado algo. En Canadá, a finales de los años cincuenta, no había cursos de este tipo.

Entre un libro de poesía y otro, dejaba que los poemas que había escrito a mano se acumularan en un cajón. Trabajaba en algunos, los mecanografiaba con los cuatro dedos, los revisaba y luego los volvía a mecanografiar. De vez en cuando, colocaba los poemas mecanografiados en el suelo (tal como hace Jo con sus páginas escritas en la película *Mujercitas*) y luego los reordenaba, añadía alguno, descartaba otro, reflexionaba.

Así ha ocurrido con los poemas de *Sinceramente*. Escritos a mano, guardados en un cajón, mecanografiados y revisados.

Los escribí entre 2008 y 2019. Durante esos once años, el mundo se volvió más sombrío. Además, me hice mayor. Algunas personas muy cercanas a mí murieron.

La poesía trata sobre el núcleo de la existencia humana: la vida, la muerte, la renovación, el cambio; así como sobre la equidad y la arbitrariedad, la injusticia y, a veces, la justicia. El mundo en toda su variedad. El clima. El tiempo. La tristeza. La alegría.

Y los pájaros. En estos poemas hay más pájaros que en los anteriores. Deseo que en el próximo libro de poemas, si es que llega, haya aún más pájaros; y también deseo que haya más pájaros en el mundo.

Mantengamos todos la esperanza.

Margaret Atwood

I

Poemas últimos

Éstos son los poemas últimos.
La mayoría de los poemas llegan tarde,
desde luego: demasiado tarde,
como la carta enviada por un marinero
que se recibe cuando ya se ha ahogado.

Demasiado tarde para ser útiles, esas cartas,
y los poemas últimos se parecen.
Llegan como por el agua.

De lo que tratasen ya ha pasado:
la batalla, el día soleado, lo iluminado por la luna
cayendo en la lujuria, el beso de despedida. El poema
lame la orilla como los restos de un naufragio.

O tarde, como tarde a la cena:
todas las palabras ya frías o comidas.
Truhán, en apuros, y vencido,
o demorarse, esperar, un rato,
abandonado, afligido, desconsolado.
Incluso el amor y la alegría: canciones ya roídas.
Hechizos oxidados. Estribillos de espinas.

Es tarde, es muy tarde;
demasiado tarde para bailar.
Aun así, canta lo que puedas.
Enciende la luz: sigue cantando,
canta: Sigue.

Gato fantasma

Los gatos también sufren demencia. ¿Lo sabías?
A la nuestra le pasó. No a la negra, lo suficientemente lista
como para ser neurótica y esquivar al veterinario.
La otra, el manguito de piel, la bolita de pelusa.
Se retorcía en la acera
ante los peatones ocasionales, les restregaba los bigotes
en los pantalones, aunque ya no cuando empezó a perder
lo que debía de haber sido su mente. Merodeaba por la
 cocina
de noche, mordiendo
un tomate por aquí, un melocotón maduro por allá,
un bollo, una pera pasada.
¿Es esto lo que debo comer?
Supongo que no. Pero ¿qué? Pero ¿dónde?
Después subía las escaleras, con patas de polilla,
ojos de búho, gimiendo
como un trenecito de vapor peludo: *¡Chucuchú! ¡Chucuchú!*
Tan torpe y desmemoriada. *¡Oh!, ¿quién?*
Arañaba la puerta del dormitorio
cerrada de golpe ante ella. *Déjame entrar,*
enciérrame, dime quién fui.
Sin docilidad. Sin ronroneos. Sin alegría. Salía
de la oscura cueva del comedor,
luego entraba y luego salía, desamparada.
Y cuando yo vaya por ese camino, me crezca pelo,
 empiece a aullar, arañe tus ondas:
no importa quién asegure que soy
o cuánto te ame,
gira la llave. Remacha la ventana.

Sal

¿Había cosas buenas entonces?
Sí. Eran buenas.
¿Sabías que eran buenas?
¿En ese momento? ¿Tu momento?

No, porque estaba preocupada
o tal vez hambrienta
o dormida la mitad de ese tiempo.
De vez en cuando había una pera o una ciruela
o una taza con algo dentro,
o una cortina blanca, ondeando,
o quizá una mano.
También la suave luz de la lámpara
en aquella tienda antigua,
cayendo sobre la belleza, la plenitud,
los cuerpos entrelazados, y amándose,
luego estallaban y luego desaparecían.

Espejismos, tú decides:
todo fue nunca.
Aunque sobre tu hombro ahí está,
tu tiempo dispuesto como en un pícnic
al sol, brillando todavía,
aunque sea de noche.

No mires atrás, dicen:
te convertirás en sal.
Pero ¿por qué no? ¿Por qué no mirar?
¿No es resplandeciente?
¿No es hermoso, allí atrás?

Pasaportes

Los conservamos, como conservamos esos rizos
de los primeros cortes de pelo de nuestros hijos, o de
amantes
talados demasiado pronto. Aquí están

todos los míos, a salvo en un archivo, con las esquinas
recortadas, cada página sellada
con viajes que apenas recuerdo.

¿Por qué vagaba yo de acá para allá para allá? Sólo Dios
lo sabe.
Y la procesión de fotos espectrales

tratando de probar que yo era yo:
las caras, los discos grisáceos, los ojos de pez
atrapados en un flash a mediodía

con la hosca mirada deslumbrada,
de una mujer que acaba de ser arrestada.
Secuenciadas, estas fotografías son como un gráfico

de fases lunares que se desvanecen hasta apagarse; o
como una sirena condenada a aparecer en tierra
cada cinco años y cada vez transformada

en algo un poco más muerto:
piel marchitándose en el aire agostado,
pelo descuidado volviéndose más fino al secarse,
sentenciada, sonría o llore.

Ventisca

Mi madre, durmiendo.
Acurrucada como un helecho primaveral
aunque tiene casi un siglo.

Le hablo a la oreja más alta,
la que asoma como una piedra arrugada
sobre las colinas de las almohadas:

¡Hola! ¡Hola!
Pero ella muestra una férrea resistencia
a despertarse.

Está abajo, muy profundo, una buceadora
sumergida en cavernas peligrosas:
está vacío allí dentro.

Sin embargo, sueña.
Lo sé por el ceño fruncido
y su respiración pesada.

Tal vez esté bajando
por otro río blanco
o caminando sobre el hielo.

Ya no le quedan más aventuras
en el aire aquí arriba, en este cuarto
con su cama y las fotos familiares.

Salgamos a enfrentar la tormenta,
solía decir. Así que tal vez
esté luchando.

Mientras tanto observo una araña
que deja un rastro en el techo,
pequeña mensajera de polvo.

El reloj corre y el día se marchita.
El anochecer cae sobre nosotras.
¿Cuánto tiempo debo quedarme?

Pongo mi mano en su frente,
acaricio su pelo ralo.
Qué alta era,

cómo hemos menguado todos.
Es hora de que vaya más profundo,
hacia la ventisca que la espera

a la vez oscura y clara, como la nieve.
¿Por qué no puedo soltarla?
¿Por qué no puedo dejarla ir?

Coco

Había más cosas para comprar justo después de la guerra.
Las naranjas regresaron
y el blanco y negro se transformó en arcoíris.
Aguacates todavía no,

aunque de repente, en la vaga marea
del invierno, en nuestro sótano,
un coco se materializó
como el pecho redondo, duro y peludo
de un sasquatch de madera.

¿Por qué el sótano?
Allí es donde estaba el hacha.

Hundimos un largo clavo de acero
en cada uno de los tres ojos blandos
y escurrimos el agua dulzona.
Luego colocamos la esfera sobre un bloque
y la partimos.

Las piezas resonaron en el suelo,
que entonces no estaba limpio,
en la era del carbón y las pavesas.

¡Primer sabor a pura ambrosía!
Aunque mezclado con la ceniza y los fragmentos de
destrucción,
como lo está siempre el Cielo, si lees los textos con atención.

Souvenirs

Nos vamos, traemos cosas de vuelta
de esa costa lunar extraña
donde no existen las mismas pastillas que aquí,
ni pasta de dientes, ni cerveza local.
Regalaremos estas cosas extranjeras,
las que compramos en los tenderetes:
tejidos folclóricos, herramientas graciosas,
troles de madera. Conchas, trozos de roca.
Abarrotan nuestro equipaje.
Son *souvenirs* para nuestros amigos,
recuerdos.

Pero ¿quién va a recordar qué?
Es un lindo sombrero de gato, pero nunca has estado allí.
Recuerdo haberlo comprado
y tú recuerdas que una vez
yo me acordé: me acordé
de algo para ti.
Era un día soleado,
aunque sofocante. Los niños tenían cabezas pequeñas
y cabello pálido.

Aparezco en los sueños de otras personas
mucho más a menudo que antes.
Algunas veces desnuda, dicen,
o cocinando: parece que cocino mucho.
A veces, como un viejo perro
que lleva una carta enrollada
entre sus dientes torcidos, dirigida a: *Pronto.*
A veces como un esqueleto
con un vestido de raso verde.
Siempre estoy allí por alguna razón,

eso me dicen los soñadores;
yo no lo sé.

Esto es lo que he traído para ti
desde la vida de los sueños, desde la costa lunar extraña,
desde el lugar sin relojes.
No tiene color, pero tiene poderes,
aunque no sé cuáles son
ni cómo se desbloquea.

Toma, es tuyo ahora.
Recuérdame.

La Mujer de Hojalata recibe un masaje

Sobre la sábana de franela
en la postura de un hombre haciendo el muerto,
boca abajo. Las manos descienden,
ignoran la piel,
el xilófono de la columna,
esquivan los bultos y los lóbulos,
se dirigen al tejido profundo,

van a las pequeñas bisagras
que crujen como pequeñas ranas;
tañen las cuerdas de tripa
de los tensos tendones magullados.

Qué oxidada estoy,
qué cerrada, qué bloqueada.
Como una lata vieja de judías cocidas,
la Mujer de Hojalata olvidada bajo la lluvia.
El movimiento implica dolor.
Qué corroída.

¿Quién se quejaba
de no tener cerebro?
Algún espantapájaros de tela.

A mí, es el corazón:
ésa es la parte que me falta.
Antes deseaba uno:
un delicado cojín de seda roja
colgando de una cinta de sangre,
perfecto para clavar alfileres.
Pero he cambiado de opinión.
Los corazones duelen.

Si no hubiera vacío

Si no hubiera vacío, no habría vida.
Piénsalo.
Todos esos electrones, partículas y demás
apiñados uno al lado del otro como trastos en el desván,
como basura en una compactadora,
aplastados juntos en un bloque plano
para que no haya nada más que plasma:
ni tú, ni yo.

Por eso yo elogio el vacío.
Terrenos vacíos con sus plásticos y cardos al viento,
casas vacías, con sus tojos polvorientos,
miradas vacías, azules como el cielo a través de las ventanas.
Moteles con camas vacías y la palabra «*Vacancy*»
brillando fuera, con una flecha de neón señalando,

señalando el camino hacia
la aburrida recepción, hacia la llave con forma de llave
que cuelga del llavero de cuero marrón,

la llave que abre la habitación vacía
con su suelo de linóleo, rayado, de un amarillo borroso,
su sofá de flores y sus cojines marchitos,
su cama hundida con olor a lejía y a moho,
su radio que tartamudea,
su cenicero que lleva aquí
setenta años.

Esa habitación, para mí inalterada durante tanto tiempo:
un vacío   una nada   un silencio
que contiene una historia inadvertida
preparada para que yo la desentrañe.

Adelante la trama.

II

Clase de educación para la salud (1953)

¡Chicas, chicas, chicas, chicas, chicas!
¡Calmaos!
¡Esto no es un circo de tres pistas!
Esto es una clase.
Hoy hablaremos de Sangre.
¡Silencio, por favor!

¿Creéis que no puedo veros desde aquí arriba?
Conozco vuestros trucos y triquiñuelas,
conozco vuestras murmuraciones,
sé dónde preferiríais estar
y cuáles son vuestras posturas favoritas,
vuestros gestos de abandono.

Os gusta fingir que soy gracioso
pero os asusto:
yo, que una vez fui gelatina rosa,
ahora soy una fría luna gris
esperando en vuestro futuro.
Me necesitaréis entonces.

Volveré mi cara huesuda hacia vosotras.
Os daré luz seca.

Una pintura de género

Aquí están los tulipanes
florecidos y maduros,
sus caídas y sus pendientes, su brillo y sus poses,
el satén de sus tinieblas.

Aquí están las servilletas de lino,
textura y arrugas,
la forma en que absorben la luz
de la vela menguada,
los claros azules de sus sombras.

Aquí están los conejos desollados.
colgando de cuerdas,
abiertos hasta el músculo, el brillante cartílago,
hasta la carne cruda que puede olerse:
óxido caliente, agua de marisma.

Aquí está la mujer trabajando con un cuchillo
entre cebollas y entrañas,
arremangada, embadurnada.
Nos mira de reojo:
sabe lo que comen los cuerpos.

Éste es su trabajo o plegaria,
su gracia, su ofrenda:
estas tripas y pétalos moribundos,
la vela goteando.

La ropa de la princesa

i.

Demasiada gente habla sobre lo que debería ponerse
para estar a la moda, o al menos
para que no la maten.

Las mujeres se han mudado a la puerta de al lado
envueltas en pedazos de tela
que carecen de aprobación.

Están dando un mal ejemplo.
Sacad las piedras.

ii.

Las pieles también son un problema:
la suya y la de algunos animales.
Casi terminan con las plumas del mundo,
todo por culpa de los tocados.

¿Para qué sirvió, mi amor,
esta desplumadura de los pájaros?
Hubo un tiempo en que no había nada que ella no hiciera
para lucir atractiva.
Cuántos objetos se prendía en la cabeza:
cintas y barcos, todo rizos.

Ahora su torso yace en la zanja
como un guante perdido, como un libro tirado
apenas sin empezar. Sin leer.

En el imponente palacio de las palabras, una princesa
menos.

iii.

¡Oh! ¡Cuidado!
Descubre tu cabello;
de lo contrario, quemarán tu castillo.
Espera un momento: ¡Cúbrelo!
El cabello. Tan controvertido.

iv.

En cuanto a los pies, siempre han sido un problema.
Dedos, talones y tobillos
se turnan para ser obscenos.
Zapatitos de cristal para tropezar mejor.

Muchas cosas que no son lo que quieres
llegan disfrazadas de flores.
Pie de loto, los pétalos
huesos rotos.

v.

La lana sobre la piel
antaño fue un decreto del ejército.
En mitad de la batalla es difícil ducharse.
La lana disuadía a los microbios y no apestaba,
o no tanto. Ésa era la teoría.
Aquí tienes: ¡cachemir!
Pero las axilas: inconvenientes, húmedas como las ingles,

a pesar de su color rosado:
nada femeninas.

vi.

El algodón, por otra parte,
era ruidoso. Todavía lo es.
Evítalo en las grabaciones.
No interesa que interfiera en la voz fantasma,
que dejas a tu paso en el aire.

vii.

La seda, sin embargo,
es mejor para los sudarios.
De ahí viene la seda:
esos siete velos que los gusanos de seda siguen hilando,
soñando con ser mariposas.
Luego los hierven y los desenrollan.

Es lo que sueñas tú también, ¿verdad?
¿Que más allá de la muerte hay escapatoria?
Que después de la mortaja, te levantarás,
con alas delicadas y todo. ¡Oh! cariño,
no será así.
No exactamente.

Cigarras

Finalmente después de nueve años
de olfatear en la oscuridad,
sube lentamente por la corteza cicatrizada
y suelta el bramido del deseo:

la nota penetrante de un martillo neumático,
vibrando como un lento relámpago
dividiendo el aire
y dejando un olor a papel de alquitrán quemado.

Ahora dice *Ahora* dice *Ahora*
aferrándose con seis patas con garras
y cerca, una hembra como una oreja seca,
como una hoja caída, marrón y veteada,
tiembla al unísono y se acerca.

Eso es todo, el tiempo apremia, la muerte ronda, pero antes,
antes, antes, antes
bajo el sol ardiente, abrasador, todo el día,
en un mes sin nombre:
ese molesto ruido del amor. Ese alboroto enloquecedor.
Esa —admítelo— canción.

El sexo de doble entrada de las babosas

Si pudiéramos reproducirnos por yemas
o esporas, no existirían estos duelos.

O si cada uno pudiera acoplar un órgano
idéntico en el oído del otro
mientras ambos girasen en el aire
suspendidos de una cuerda brillante
de lágrimas y pegamento, como en una sublime
acrobacia en la cuerda floja,

eso iría muy bien. A las babosas les funciona:
¡mirad esos huevos nacarados!

(Más futuras lechugas de encaje).

A menos que ambos se queden atascados.
Eso también puede pasar.

No hay más remedio que morder
y arrancar el pene. Y entonces ¿qué, humanos?
¿Si fuera el vuestro? Imaginad:

La conversación tras el acto: apofalación.

¡Me toca! La última vez me mordiste el mío.

Acaba ya o estaremos aquí toda la noche,
pan comido para los depredadores.

¡No me importa! ¡Y no quiero vivir!
¡Nunca me has querido!
¡Sólo quieres mi oreja!

A la luz del día algo tiene que ceder.
O alguien. Alguien
tiene que rendirse. Una concesión.
Así es como salimos adelante.

La vida sexual de todos los demás

La vida sexual de todos los demás parece tan imposible.
Por supuesto que no, pensamos:
¡Por supuesto que no va ahí dentro!
¡No una boca tan sucia,
y esa dentadura terrible!
¡Esas ciruelas pasas, esas papadas!

Por favor, quédate con la ropa puesta.
Existe por algo:
para salvarte de ti mismo,
tu propio *voyeur*.

Nadie tiene el aspecto de una estrella de cine,
ni siquiera las estrellas de cine
en sus días libres,
deambulando por la calle
buscando comida decente
y anonimato, sin suerte.

Nadie, salvo para sí mismos
en su cabeza, cuando están borrachos,
o bien cuando están sobrios, si son narcisistas.

O cuando están enamorados. ¡Oh sí!, *Enamorados*,
esa demencial carpa de circo de un rojo rosado
cuya penumbra perdona todas las imágenes,
cubre con hojas de higuera a nuestros amantes,
y ablanda nuestros propios cerebros
y el dolor de nuestras caídas sobre el serrín.

Qué tentador, ese arco de mármol falso a mitad de camino,
clásico y a la vez de feria;

tan griego, tan Barnum,
tan luz de faro,
con un cartel de neón azul:

¡Amad! ¡Por aquí!
¡Pasad!

Traición

Cuando te topas con tu amante y tu amiga
desnudos en tu cama
hay cosas que podrían decirse.

Adiós no es una de ellas.
Nunca cierres esa puerta torpemente abierta,
se quedarán encerrados en esa habitación para siempre.

Pero ¿tenían que estar tan desnudos?
¿Tan poca clase?
¿Revolcándose como en un charco primaveral?

Las piernas demasiado largas, las cinturas demasiado
gruesas,
las lorzas por aquí y por allá,
los mechones de pelo...

Sí, fue una traición,
pero no a ti.
Sólo a la idea que tenías

de ellos, con luz suave y mística,
con la nieve cayendo lentamente
y un atardecer malva de diciembre;

no ese destello torpe,
esa carne desparramada,
atrapada en el brillo de tu mirada.

Frida Kahlo, San Miguel, Miércoles de Ceniza

Hace mucho que te desvaneciste,
pero aquí, en la galería de *souvenirs*,
estás en todas partes: las bolsas de algodón estampadas,
    las cajas de hojalata perforadas,
las camisetas escarlata, las cruces hechas con cuentas;
tus trenzas enroscadas, tu mirada fija,
tu cuerpo de cierva o de mártir.

Puedes convertirte en un meme
si tu final es lo suficientemente extraño
y apasionado, e implica mucho dolor.
La cuerda de un ahorcado trae buena suerte;
los santos cuelgan boca abajo
u ofrecen sus pechos en un plato
y los usamos, los invocamos,
los colocamos entre nuestra carne y el peligro.

Fuegos artificiales, dos calles más allá.
Algo está ardiendo en alguna parte,
o ardió, alguna vez.
Un velo de seda rasgado, una carta amarillenta:
Me estoy muriendo aquí.
Amor en una brocheta,
un corazón en llamas.
Te respiramos, humo delicado,
pena en forma de cenizas.

Ayer los niños partieron
sus huevos huecos en la cabeza de otros,
bautizándolos con purpurina.

Los fragmentos de las cáscaras cubren el parque
como alas de mariposas aplastadas,
como arena, como confeti:
cielo, ocaso, sangre,
tus colores.

Casandra considera rechazar la ofrenda

¿Y si no quisiera todo eso,
lo que él profetizó que podría hacer
si me perdía,
pero eternizaba mi nombre?
Teñirme el pelo de negro, perforarme la cara,
escupir energía obscena,
ligar, relajarme.
Regodearme en la mancilladora fama.

¿Y si le dijera No, Gracias
al señor Dios Músico,
al sexo a cambio de favores?
¿Y si me quedara aquí?
Justo en mi limitante ciudad natal
(que luego será incendiada)
pensando primero en los demás
y siendo casta y digna de lástima?
Tendría un bolso de cuero azul oscuro,
y regalos de ganchillo
—sombreros de muñecas, fundas para el papel higiénico—
que mis sobrinas tirarían después.
Entonces podría llorar por el fracaso,
pálida, marchita, diminuta.

Al menos no sería descarada,
como una doncella escudera, como un guardabarros.
Al menos no sería temeraria,
ni me verían con vida por última vez
aquel día de mediados de noviembre
en la gasolinera, temblando, haciendo autostop,
al anochecer, justo antes.

Sombra

Alguien quiere tu cuerpo.

¿Cuál es el trato?
¿Suplicar, pedir prestado, comprar o robar?
¿Alcantarilla o pedestal?
Así funciona con los cuerpos
que alguien quiere.

¿Qué valor tiene para ti?
¿Una rosa, un diamante,
un millón, un chiste, una bebida?
¿La ficción de gustarle a esa persona?

Podrías ofrecerlo, este cuerpo,
como la criatura generosa que eres,
o desmayarte y que te lo arrebaten
y nunca lo sabrías.

Dale un beso de despedida, al cuerpo
que una vez fue tuyo.
Se ha marchado ya,
envuelto en pieles, bailando
o desangrándose en un prado.

De todos modos, no lo necesitabas,
atraía demasiada atención.
Mejor con una sombra nada más.

Alguien quiere tu sombra.

Canciones para hermanas asesinadas

Un ciclo para barítono

1. SILLA VACÍA

Quien fue mi hermana
ahora es una silla vacía

Ya no está,
ya no está ahí

Ahora es vacío
ahora es aire

2. ENCANTAMIENTO

Si esto fuera un cuento
que le estuviera relatando a mi hermana

Un trol de la montaña
la habría raptado

O bien un mago perverso
la habría convertido en piedra

O la habría encerrado en una torre
o la habría escondido en lo profundo de una flor dorada

Yo tendría que viajar
al oeste de la luna, al este del sol

Para encontrar la respuesta;
pronunciaría el hechizo

Y ella estaría allí de pie
viva y feliz, sana y salva

Pero esto no es un cuento.
No ese tipo de cuento...

3. IRA

La ira es roja
el color de la sangre derramada

Él era todo ira,
el hombre que intentaste amar

Abriste la puerta
y la muerte estaba allí de pie

Muerte roja, ira roja
ira hacia ti

Por estar tan viva
y no destruida por el miedo

¿Qué quieres?, dijiste.
Rojo fue la respuesta.

4. SUEÑO

Cuando duermo apareces
soy una niña entonces
y tú eres joven y todavía mi hermana

Y es verano;
no conozco el futuro,
no en mi sueño

Me voy, me dices,
a un largo viaje.
Tengo que irme.

No, quédate, te llamo
mientras te encoges:
¡Quédate aquí conmigo y juega!

Pero de repente soy mayor
y hace frío y no hay luna
y es invierno…

5. ALMA DE PÁJARO

Si los pájaros son almas humanas
¿Qué pájaro eres tú?
¿Un pájaro primaveral, de alegre canto?
¿Uno que vuela alto?

¿Eres un ave nocturna
que mira la luna
que canta Sola, Sola,
que canta a Su Muerte Prematura?

¿Eres un búho,
depredador de suaves plumas?
¿Estás cazando, cazando sin descanso
el alma de tu asesino?

Sé que no eres un pájaro,
aunque sé que has volado
tan lejos, tanto.
Necesito que estés en algún lugar...

6. PERDIDA

Tantas hermanas se han perdido
tantas hermanas perdidas

A lo largo de los años, miles de años
tantas arrojadas

Demasiado pronto en la noche
por hombres que pensaban que tenían derecho

Rabia y odio
celos y miedo

Tantas hermanas asesinadas
a lo largo de los años, miles de años

Asesinadas por hombres temerosos
que querían ser más altos

A lo largo de los años, miles de años
tantas hermanas perdidas

Tantas lágrimas...

7. RABIA

Llegué demasiado tarde,
demasiado tarde para salvarte.

Siento la rabia y el dolor
en mis propios dedos,

en mis propias manos
siento la orden roja

matar al hombre que te mató:
eso sería lo justo:

él frenado, él ya nunca más,
en fragmentos en el suelo,

él despedazado.
¿Por qué debería seguir él aquí

y tú no?
¿Es eso lo que deseas que haga,

fantasma de mi hermana?
¿O lo dejarías vivir?

¿Preferirías perdonar?

CODA: CANCIÓN

Si fueras una canción
¿qué canción serías?

¿Serías la voz que canta?
¿Serías la música?

Cuando canto esta canción para ti
no eres aire vacío

Estás aquí,
un aliento y luego otro:

Estás aquí conmigo...

Los seres queridos

Pero ¿dónde están? No pueden no estar en ninguna parte.
Antes se los llevaban los gitanos,
o bien los enanitos,

que no eran enanos, sino seductores.
Los atraían a una colina,
a esos seres queridos. Había oro y baile.

Deberían haber vuelto a casa a las nueve.
Llamaste. Los relojes sonaron
como el hielo, como el metal, sin corazón.

Una semana, dos semanas: nada.
Pasaron siete años. No, veinte.
No, cien. Que sean incluso más.

Cuando finalmente reaparecieron,
ni un solo día más viejos,
vagando por la calle en harapos,

descalzos, con el pelo desgreñado,
aquellos que los habían esperado tanto tiempo
llevaban décadas muertos.

Éste era el tipo de historias
que solíamos contar. Eran reconfortantes de alguna manera
porque decían

que todo el mundo tiene que estar en algún lugar.
Pero los seres queridos, ¿dónde están?
¿Dónde? ¿Dónde? Al cabo de un rato

suenas como un pájaro.
Paras, pero el dolor sigue llamando.
Te deja y echa a volar

sobre los campos de la noche fría,
buscando y buscando,
sobre los ríos,
sobre el aire vaciado.

Desenterrando a las escitas

Están desenterrando a las escitas,
las mujeres guerreras, las chicas con dagas,
las amazonas rudas, tatuadas hasta las axilas
con animales sinuosos y enterradas con sus armas;

que no eran míticas,
que existieron después de todo
(un brazalete, una baratija, una delicada calavera),
sepultadas con honor,
ellas y sus caballos abatidos por hachas.

Están desenterrando a las arqueras
que vagaron nómadas, y luego durmieron sin derretirse
en las únicas casas que tuvieron:
habitaciones de troncos, tumbas de troncos, hundidas
bajo tierra.
Congeladas durante dos mil años,
ellas y sus bordados,
sus sedas y sus cueros, sus plumas,

los huesos macheteados de sus brazos, sus dedos rotos,
sus cabezas cercenadas.
¿Qué esperabas? Era la guerra
y sabían lo que ocurría si perdías:
violación, muerte, muerte, violación,
lo más brutal posible, para dar mal ejemplo:
bebés y madres jóvenes,
niñas y niños, todos masacrados.
Así sucedía: aniquilación total.
Por eso luchaban.
(Y por el botín, si salían victoriosas.)

Aquí están, las anónimas,
que aún están de algún modo entre nosotros.
Sabían lo que pasaba.
Saben lo que pasa.

III

Setas de septiembre

Este año me las he vuelto a perder.
Estaba inmersa en otro lugar
cuando el tiempo cambió
y empezó a llover lo suficiente.

A la sombra de los árboles, sigilosamente,
asomaban entre la marga arenosa
y la hojarasca húmeda

(una brizna de color, luego otra)
trayendo sus crípticas noticias
de lo que sucede allí abajo:
la lenta disolución de la leña,
los filamentos, los nódulos como puños,
ensamblando sus redes y nieblas.

Algunas eran de un rojo brillante; otras, de color púrpura,
las había marrones, blancas, amarillas limón.
Durante la noche se movían lentamente,
desplegándose como abanicos húmedos, esponjas vivientes,
como antenas de radar, escuchando.

¿Qué oían en nuestro mundo humano
de supuesta luz y aire?
¿Qué palabra enviaban hacia abajo
antes de marchitarse?
¿Era *Cuidado*?

Mirad. Los restos:
un globo curtido de esporas polvorientas,
una luna de piedras mordisqueada,
una media esfera seca,
una oreja ennegrecida.

Tallando las calabazas de Halloween

Llegan cada año,
estos seres vaciados de cabezas ligeras,
a nuestras puertas, a nuestros porches,
con sus mentes llenas de nada
más que llamas, con sus miradas vacías
que podrían ser júbilo o amenaza.

Los tallamos a nuestra imagen:
tramposos, pero sin intención de hacer daño,
en realidad no; o eso decimos.
Diversión en una fiesta
hasta que se nos va de las manos.

Los dientes son un rasgo distintivo,
los agujeros de la nariz, las cuencas de los ojos,
aunque como nosotros
no son calaveras todavía.

¡Brillad, mensajeros anaranjados!
Repeled la oscuridad,
decidle a la Muerte: No hay prisa.
Al menos queda algún tipo de resplandor.

En dos semanas las hojas caerán
y os estaréis pudriendo.
Aunque, como la luna, regresaréis
cuando vuestro tiempo vuelva a girar
una y otra vez, en la misma forma.
Cuando ya no estemos
la obra de nuestros cuchillos nos sobrevivirá.

Un dron explora los restos

Me entra humo en los ojos,
mis quince ojos.
El vidrio aislante arde.
Lenguas rosadas se quedan pegadas.
Algodón de azúcar carbonizado.

¿He sido yo?

Palmera decapitada.
Techos de catedral, abiertos
a las estrellas, a lo inhóspito.
¿Qué adoraban allí?
¿Los ventiladores del techo?
¿Los almohadones? ¿La colcha desnuda?

Espío.

Gritaron *¡Dios mío!* a las almohadas.
Ahora rasgadas y revoloteando,
plumas de ángel.
Flotan, más despacio que yo.
Veo pintura de dedos fresca. Roja.
Húmeda todavía deslizándose.

Debí de pasar algo por alto.

Mejor centrar de nuevo el objetivo.
Titubear un poco.
Atapat. Atatat. Atasis. Atabum.
Exacto esta vez. Hurra.
Si algo se salva será un fracaso.

¿He sido malo?

Las lágrimas caen y caen.
La lluvia se ha roto.

En llamas

El mundo arde. Siempre lo ha hecho.
Cae un rayo, la resina
de las coníferas explota, la turba negra humea,
los huesos grisáceos brillan lentamente y las hojas caídas
se vuelven marrones y se retuercen, como papel
sujeto a una vela. Es el aroma del otoño,
la oxidación: puedes olerlo en tu piel,
ese perfume de ardor solar.
                                        Sólo que ahora
arde más rápido. Todos esos relatos
de apocalipsis carbonizado urdidos
cuando jugábamos con cerillas,
las historias ardientes, las torres troyanas
vistas a través del humo, derrumbándose, los tenues
espejismos de volcanes que imitábamos
con tanto placer al prender fuego
a malvaviscos, a propósito,

todas esas epopeyas de fusión lenta
envasadas en antracita, luego enterradas
bajo montañas de granito, o bien arrojadas
al mar más profundo como genios
en botellas de cerámica.

                                        Todas, todas se están cumpliendo
porque hemos abierto los sellos de plomo,
ignorado las runas de advertencia
y dejado las historias salir.
                                        Tendríamos que haberlo sabido.

Tendríamos que haber sabido
cómo terminan en realidad esos cuentos:
y por qué.
                                                  Terminan en llamas
porque eso es lo que queremos:
queremos que así sea.

Actualización de los licántropos

En los viejos tiempos, todos los licántropos eran machos.
Reventaban su ropa vaquera
y su propia piel desgarrada,
se dejaban ver en los parques,
aullaban a la luz de la luna.
Esas cosas que hacen los chicos de fraternidad.

Se pasaban con los tirones de coleta;
rugían a las tiernas y contoneantes
hembras, que gritaban *uy, uy,*
uy, hasta la médula.
¡Diablos, sólo era coqueteo,
más un sentido canino de la diversión:
¡Mirad a Jane correr!

Pero ahora es diferente:
Ya no es cosa de un solo género.
Ahora es una amenaza global.

Mujeres de piernas largas galopan por los barrancos
con ropa de abrigo peluda, una manada de modelos
pervertidas con atuendos sado de la *Vogue* francesa
y recuerdos de corto plazo retocados con aerógrafo,
empeñadas en un desenfreno sin sanciones.

¡Mirad sus garras enrojecidas!
¡Mirad sus ojos rechinantes!
¡Mirad la gasa a contra luz
de sus halos subversivos de luna llena!
Peluda de pies a cabeza, esta *belle dame*,
y no es un suéter.

¡Oh, libertad, libertad y poder!
cantan mientras dan zancadas por los puentes,
con los culos al viento, desgañitando sus gargantas
en las aceras, cabreando a los corredores de bolsa.

Mañana volverán
con sus trajes negros de mando intermedio
y sus Jimmy Choos
con horas que no pueden justificar
y sangre de primeras citas en las escaleras.
Harán algunas llamadas: *Adiós.*
No eres tú, soy yo. No sé por qué.
En las reuniones de ventas,
soñarán con que les crezca cola
en pleno audiovisual.
Tendrán resacas adictivas
y las uñas estropeadas.

Zombi

«La poesía es el pasado que irrumpe en nuestros corazones.»

Rilke

Ahí lo tienes: zombi.
¿No lo habías sospechado siempre?
«La poesía es el pasado
que irrumpe en nuestros corazones»
como un virus, como una infección.
¿Cuántos poemas sobre
el muerto que no está muerto,
el ser perdido que no se ha marchado del todo
empujando con avidez
entre la basura vegetal, el papel usado,
arañando la ventana?

Pensemos en aquel amante joven
con el que nos topamos cincuenta años después
en la tenue luz del vestíbulo.
¡Qué deslucido y borroso está!
Míster Potato
sin las piezas pegadas:
alguien a quien procuras recordar.
¿Fue él quien te lamió el cuello?

Y el torpe monstruo de plastilina
que hiciste a los cuatro años,
y luego aplastaste en un ataque de ira
para que sus colores se mezclaran:
aparece en tu puerta
en una fría noche de noviembre,

con la lluvia susurrando *sushi*
sushi, y la boca sin lengua
murmurando tu nombre.

¡Sigue muerto! ¡Sigue muerto! conjuras,
tú que querías que el pasado volviera.
Nada que hacer. La criatura
deambula por el bosque lóbrego,
un monosílabo rojo y lloroso,
una palabra manchada que sabe a tristeza.
Ahora masculla y se arrastra
en un nimbo de niebla helada
por el pasillo chillón y recargado
de relojes góticos, hacia el espejo.

La mano en tu hombro. La casi-mano:
Poesía, que viene a reclamarte.

Llegan los extraterrestres

Nueve películas de madrugada

i.

Llegan los extraterrestres.
Son más inteligentes que nosotros, y carnívoros.
Ya sabes el resto.

ii.

Llegan los extraterrestres
en la neblina, en medio de una llovizna fina.
Quieren ayudarnos,
o eso dicen.
Entonces se oye un estallido, un chisporroteo.
¡Era un complot! Pero ¿por qué?
Algunos quedamos con vida
después de que se fuesen.

iii.

Llegan los extraterrestres.
Su líder es una cabeza gigante.
Vive en un gran frasco de cristal.
Quiere hipnotizarnos,
aunque Dios sabe para qué.
Oh, espera un momento.
Es una metáfora.

iv.

Llegan los extraterrestres.
Una luz blanca brilla en su cápsula,
con la forma de un balón de fútbol gigante.
¿Son Dios?

v.

Llegan los extraterrestres,
pero no como crees.
Se abren paso por nuestras axilas.
Hay gritos, sin parar.
Las cosas se ponen demasiado rosadas.

vi.

Llegan los extraterrestres
en algo que parece un tapacubos.
De hecho es un tapacubos
vintage de 1955.
¡Así que ahí fue a parar esa cosa!
¡No estaba en el garaje!
Mentiste.

vii.

Llegan los extraterrestres.
Son pulpos ultrainteligentes
que hablan en manchas de tinta.
Quieren que seamos amables

entre nosotros,
en todo el mundo. Por primera vez en la historia.
O si no. O si no, ¿qué?
¿Es una señal esperanzadora?
¿Qué opinas?

viii.

Llegan los extraterrestres.
Han oído hablar del sexo humano
pero no se lo creen.
Con gran riesgo para ellos mismos
han venido a verlo.
Envían espías
en forma de ojos voladores
que miran a través de nuestras ventanas.
¡Oh, antropología!
¡El horror! ¡La sorpresa!
¡Qué espectáculo!
¡Casi se ponen enfermos!
¡Qué emoción!
Abducen a cien humanos
con una pajita cósmica
y nos sorben hasta otro planeta
y nos meten en un zoológico.
A menos que tengas sexo a demanda
no te alimentan.
Dicen el equivalente del Ah y Oh,
también Ja, ja.
Dios mío, lo que el hambre puede hacer.
Es sexo, sexo, sexo,
cada dos horas,
alternando con sándwiches de huevo y cerveza.
Ten cuidado con lo que deseas.

ix.

Llegan los extraterrestres.
Nos gusta la parte en que nos salvan.
Nos gusta la parte en que nos destruyen.
¿Por qué esas dos cosas son tan parecidas?
En cualquier caso, es un final.
Ya no estar vivos sin más.
Ya no volver a fingir.

Sirena empollando sus huevos

Qué curiosos los humanos, preguntándose
qué canción cantábamos
para atraer a tantos marineros
a la muerte, desde luego,

pero ¿qué tipo? De muerte,
me refiero. ¿Afiladas garras de pájaro
en las ingles, un dolor desgarrador, colmillos
hundidos en el cuello? ¿O un último aliento
exhalado en éxtasis, como el
del macho de las mantis religiosas?

Me siento aquí en mi nido desaliñado
de corbatas, informes trimestrales y calzoncillos
mezclados entre huesos y estilográficas,
y me ahueco los pechos y las plumas. Canción de cuna,

mis mini-mitos, mis huevecillos hambrientos,
soñando en vuestras brillantes conchas
con nuestro secreto femenino infalible.
Mamá está aquí cerca
y papá debe de haberos amado:
¡os dio toda su proteína!

Estáis a punto de romper el cascarón. ¡Sed fuertes!
Pronto oiré un tap-tap-tap, ¡bebés a la vista!,
y saldréis afuera,
cubiertos de plumas, rosaditos, hermosos
como una pirueta, un mohín con labios pintados,
una violeta de caramelo,
batiendo vuestras diminutas alas emplumadas
y hambrientos de canciones.

Firmas de araña

Hora tras hora me firmo a mí misma:
una mancha, un punto, una mancha,
un semáforo blanco en el suelo negro.

Mierda de araña,
lo que queda del seducido:
¿por qué es blanca?
Porque mi corazón es puro,
aunque tengo intenciones ocultas,

sobre todo bajo la estantería:
un buen lugar para mis bolsillos de seda,
mis hilos y filamentos,
mis telares, mis preciosas cunas.

Siempre me han gustado los libros,
de preferencia los de bolsillo,
quebradizos, y cagados por las moscas.
A sus textos añado
mis anotaciones, atrevidas y desordenadas:

alas de polilla, cascarillas de escarabajo, mis propios pellejos mudados
como guantes zanquilargos.
Símil adecuado: soy sobre todo dedos.

No me gusta el suelo, sin embargo.
Demasiado visible, me encorvo, me escabullo,
presa de zapatos y aspiradoras,
por no hablar de matamoscas.

Si de repente te cruzas conmigo
gritas. Demasiadas piernas,
¿o son los ocho ojos rojos,
el amasijo brillante del abdomen?
Gota de sangre en el pulgar, uva reventada:
eso es lo que pretendes.

Aunque da mala suerte matarme.
Acéptalo:
antes de que tú fueras, yo soy.
Organizo la lluvia,
me tomo muchas molestias

y mientras duermes
yo floto, la primera de las abuelas.
Atrapo tus pesadillas en mi red,
me como las semillas de tus miedos por ti,
les chupo la tinta

y garabateo en el alféizar de tu ventana
estas pequeñas glosas sobre *Es, Es, Es,*
nanas blancas.

En la conferencia de traducción

En nuestra lengua
no tenemos palabras para él o ella
ni para lo o la.
Ayuda si pones una falda, una corbata
o algo así
en la primera página.

En el caso de una violación, también ayuda
saber la edad:
¿un niño, un anciano?
Para poder establecer el tono.

Tampoco tenemos tiempo futuro:
lo que sucederá ya está sucediendo.
Pero puedes agregar una palabra como *Mañana*
o bien *Miércoles*.
Entenderemos lo que quieres decir.

Estas palabras son para cosas que se pueden comer.
Las cosas que no se pueden comer no tienen palabras.
¿Para qué necesitarías un nombre para ellas?
Esto se aplica a las plantas, los pájaros
y los hongos utilizados en los maleficios.

A este lado de la mesa
las mujeres no dicen No.
Hay una palabra para No, pero las mujeres no la dicen.
Sería demasiado violento.
Para decir No, puedes decir Quizá.
Se te entenderá,
en la mayoría de las ocasiones.

A ese lado de la mesa hay seis clases:
no nacidos, muertos, vivos,
cosas que se pueden beber, cosas que no se pueden beber,
cosas que no se pueden decir.

¿Es una palabra nueva o vieja?
¿Es obsoleta?
¿Es formal o familiar?
¿Cómo es de ofensiva? ¿En una escala del uno al diez?
¿Te la has inventado?

Al otro extremo de la mesa
justo al lado de la puerta,
están los que se ocupan de los peligros.
Si traducen la palabra equivocada,
los pueden matar
o al menos encarcelar.
No hay una lista de tales peligros.
Sólo se enterarán después,

cuando tal vez ya no les importe
la corbata o la falda
o si pueden decir No.
En los cafés se sientan en las esquinas,
de espaldas a la pared.
Lo que sucederá ya está sucediendo.

IV

Caminando por el bosque del loco

Caminando por el bosque del loco
sobre las hojas secas, inquietas y silenciadas
de principios de primavera.

El loco amó esta tierra salvaje
alguna vez, antes de que su cerebro
se convirtiera en encaje. Debió de haber sido
él (¿cuándo?) quien puso
esta piedra redonda aquí, coronando
el rectángulo musgoso. *Mío.*
Y todas las tapas de latas
y los cuadrados de madera,
pintados de rojo y clavados a los árboles
para marcar su límite:
mío, mío, mío, mío.

No debería decir esa palabra cancelada:
loco. ¿Quizá *perdió la razón*?
No, porque no tenemos razón
como tal hoy en día, sino diminutas marañas
de vías neuronales de luciérnagas
señalando *no/sí/no*, suspendidas
en una nube grisácea
dentro de un cuenco de hueso redondo.
Sí: genial. *No*: demasiado solitario. Sí.
El mundo que creemos ver
es sólo nuestra mejor hipótesis.

Ésta debía de ser su choza,
ahora derrumbada, donde él hacía... ¿qué?
¿Venir a sentarse aquí a veces? Hepáticas
consumidas por el sol,

mechones marrones de hierba erizada,
la estufa caída, los puerros silvestres
tan brillantes que parecen mojados,
el suave tronco adornado con setas.

Podrías quedarte aquí o bien deslizarte asombrado
en tu cabeza revuelta. Podrías
simplemente no regresar.

Pluma

Las plumas cayeron a puñados.
Por el mero viento, la decoloración del sol, la guerra de lechuzas,
algún asesino con una escopeta,

¿quién sabe?
Pero las encontré aquí en el césped:
piel desgarrada no sé de quién;

caligrafía de alas destrozadas,
restos de un dios que se derritió
demasiado cerca de la luna.

Una vez voló alto,
como todos lo hicimos.
Toda vida es un fracaso

en el último momento,
la hora de la sangre seca.
Pero nada, queremos creer,

se desperdicia, así que tomé una pluma de la matanza,
afilé y partí el cálamo,
busqué tinta,

y dibujé este poema
contigo, pájaro muerto.
Con tu vuelo agotado,

con tu pánico desvaneciéndose,
con tu mirada cayendo en espiral,
con tu noche.

Conciencia de la luz fatal

Un tordo se estrelló contra mi ventana:
una voz encantadora menos
muerta por un cristal como espejo;

el espejismo de árboles de un rico mago,
y por mi pereza:
¿Por qué no colgué la celosía?

Allá arriba, en el aire nocturno,
entre los rascacielos, la música muere
mientras enciendes tus falsos amaneceres:
tu luz es la última oscuridad de los pájaros.

Por todas partes
sus plumas están cayendo;

cálidas, no como la nieve,
aunque derritiéndose hacia la nada.

Somos una sinfonía moribunda.
Ningún pájaro lo sabe,
pero nosotros, nosotros sí sabemos

lo que hace nuestra magia nocturna.
Nuestra magia de luz oscura.

Miedo a los pájaros

¿Dijiste que le daban miedo los pájaros?
¿Cómo puede ser?
¿Alguien tan alto?

No era el augurio.
Quizá las voces metálicas,
oro, plata, cinc.

Un tintineo, un grito, un rasguño.
O un sonido de goteo en el bosque seco.
Tin. Tin. Tin. Tin.
No hay que confundirlo con el canto.

O la locura de los ojos en primer plano:
amarillos, rojos, nada acogedores.
Dentro de ese cráneo no eres ni siquiera un pensamiento.

Alas de algún tipo. Como las de los ángeles,
ángeles con garras.
Quizá sea eso.

Un crujido, como de papel fino.
Luego plumas sobre la nariz y la boca.
Ahogado. Una asfixia blanca.

¿Dijiste que le daba miedo la nieve?
Más o menos lo mismo.

Breves tomas sobre los lobos

i.

Un lobo que sufre
no admite nada.
Su cena le mordió.
Fue un error de cálculo,
y ahora será un desastre.

No se puede ir lejos con una pata desgarrada:
entre los lobos, no hay médicos.

ii.

Un lobo es cortés hasta cierto punto.
Hay que mirar con atención sus orejas.
Hacia delante, están dispuestos a escuchar.
Hacia atrás, los has aburrido.

iii.

Siéntate en la oscuridad. Calla.
No enciendas ese cigarrillo
ni te embadurnes con repelente para jejenes.

No es un lugar de citas rápidas.
No es un zoológico.
Quieres ver al lobo
o exigir que te devuelvan el dinero,
pero el lobo no quiere verte a ti.

iv.

Las pesadillas de los lobos incluyen coches,
agujas largas, bozales de hierro,
jaulas estrechas con barrotes duros,
criaturas que huelen como tú.

Los sueños felices de los lobos, por otro lado,
son taigas interminables,
madrigueras excavadas bajo piedras,
caribúes bobos cojeando,
sus huesos tiernos.

Arreglos de mesa

Repartiendo los tenedores,
pequeñas pinzas de cangrejo,
dientes robados a los leones,

y los cuchillos, incisivos
de los tigres que una vez adoramos,
a falta de herramientas propias
para desgarrar carne cruda.

Aunque nuestras hogueras de fiesta se han reducido a
velas,
estamos enganchados a los mismos viejos dioses,
muy disminuidos.

Ya no nos hablan,
pero está bien:
ya hablamos nosotros suficiente.

Entonces, Naturaleza. Nos sentamos a su alrededor,
la masticamos hasta hacerla jirones
con nuestros hábiles colmillos y nuestras zarpas.

Cucharas, sin embargo:
no hay cucharas en la Naturaleza,
al menos no en los animales.
Nos imitamos a nosotros mismos.

Aquí, déjame ayudarte:
dos manos ahuecadas.

Improvisación de un primer verso de Yeats

De *Hound Voice*

Porque amamos las colinas yermas y los árboles marchitos
vamos al norte siempre que podemos,
pasando por la taiga, la tundra, la costa rocosa, el hielo.

¿De dónde viene este gusto de escasez
nuestro? ¿Cuánto tiempo
vagamos por este paisaje duro, aprendiendo de memoria
todo lo que sabíamos:
dar la vuelta a la piel con el pelo hacia dentro,
asociarnos con lobos, comer grasa, odiar los desechos,
tallar el espíritu, respetar la nieve,
construir y proteger la llama?

Todo tuvo alma alguna vez,
incluso esta almeja, esta piedra.
Cada cosa tenía un nombre secreto.
Todo escuchaba.
Todo era real,
pero no siempre nos amaba.
Había que tener cuidado.

Anhelamos volver allí,
o eso nos gusta sentir
cuando no hace demasiado frío.
Anhelamos prestar tanta atención.
Pero hemos perdido la habilidad;
además, hay otra música.
Todo lo que oímos en el canto del viento
es el viento.

«Corazón del Ártico»

Notas de 2017

el oso en la roca
la roca en el oso
el oso en la roca
depende de cómo lo mires

—

Una roca blanca en la ladera
se convierte en un oso
lanza colmillos y pelo
cuando no miras

así es como se mueven las cosas.

Cuando te quieres dar cuenta, ya te has convertido en
piedra
porque una piedra te ha comido.

Aunque rompió sus colmillos en tu corazón
tu corazón de garza
que es más duro y tiene más dientes
que ninguna otra cosa aquí.

—

En un ángulo hundido de trozos de roca despeñados
desprendidos de la montaña
allá abajo donde un arroyo los atraviesa,
dos criaturas en el musgo verde anaranjado:
una flor violeta, una adelfilla

que nadie más verá
excepto esta abeja,

y una colilla de cigarrillo.

Una persona descuidada ha estado aquí.
A nadie le importa.

—

Un parpadeo rápido de roedor.
Destello de cerilla en la juncia.
No sabe que es fuego.
Alejado aquí alejado
de la vista.

—

Vas a la deriva entre estas rocas gigantes
como un fantasma una brisa un fantasma
como una bolsa de plástico perdida
vagando por estos páramos durante treinta años.
Como una membrana.

Hacia las cascadas hacia las colinas arrugadas hacia los guijarros
eres transparente.

En el agua de la orilla hay una medusa
colorida y muerta,
ya disolviéndose.

Mis queridos, que habéis elegido
con tanto esmero vuestro equipo de montaña,
todo a juego;
sois así.

—

Muchos han oído voces
que creían voces de los dioses
o de un solo dios
diciéndoles qué hacer

o un trozo de piedra
afirmando que quiere ser estatua

o un animal
que te ofrece su vida,
te dice que lo mates.

—

¿De dónde viene la voz?
¿Por qué sólo algunos pueden oírla?

¿Qué era ese pájaro que oí trinar
que no era el río que no era mi propia mochila crujiendo
que no estaba en mi cabeza?

¿Qué pájaro? ¿Dónde? Estoy escuchando, dijo.

Pero no hay nada.

Suite del Plasticeno

1. OBJETO SIMILAR A UNA ROCA EN LA PLAYA

El Paleoceno el Eoceno
el Mioceno el Pleistoceno
y ahora estamos aquí: el Plasticeno.

Mira, una roca hecha de arena
y otra de cal, y otra de cuarzo,
y una de ¿qué es esto?

Es negra y rayada y resbaladiza,
no exactamente roca
y tampoco no-roca.

En la playa, en todo caso.
Petróleo petrificado, con una veta escarlata,
parte de un cubo tal vez.

Cuando nos hayamos ido y vengan los extraterrestres
a descifrar nuestros fósiles:
¿será esto una prueba?

¿De nosotros: de nuestra historia demasiado breve,
nuestro ingenio, nuestra irreflexión,
nuestra repentina muerte?

2. DÉBILES ESPERANZAS

Se podría convertir en aceite
cocinándolo: eso se ha hecho.
Primero habría que recogerlo.
Además, olería.

Algunos supermercados lo han prohibido.
También las pajitas para beber.
Tal vez venga un impuesto
u otras leyes.

Hay microbios que lo comen
(los han descubierto).
Pero la temperatura tiene que ser alta:
no sirve en el mar del Norte.

Se puede prensar para hacer madera falsa,
pero sólo de algunos tipos.
Y bloques de construcción, lo mismo.

Se puede sacar de los ríos
antes de que llegue al mar.
Pero luego, ¿qué? ¿Qué se hace con él?

¿Con ese vertido abrumador,
continuo e interminable?

3. FOLLAJE

«un trozo de plástico negro: el follaje que define la era del petróleo»

MARK COCKER, *Our Place*

Brota por todas partes, este follaje.
En lo alto de los árboles, como el muérdago,
o atrapado en las ciénagas

o floreciendo en los estanques como los nenúfares,
vistoso y engalanado,
ondeando como si estuviera vivo

o llegando hasta las playas, neoalgas
de bolsas rotas, envoltorios de yeso, cuerdas
  enredadas
destrozadas por las mareas y las rocas.

Pero, a diferencia del verdadero follaje, no tiene
  raíces
y no da nada a cambio,
ni siquiera una caloría vacía.

¿Quién lo planta, este cultivo inútil?
¿Quién lo cosecha?
¿Quién puede decir Basta?

4. EL ALBATROS DE LA ISLA MIDWAY

En el interior de las costillas
desnudas todo es de colores brillantes:
una etiqueta un lazo
un globo desinflado
una tira plateada de papel de aluminio
un muelle una rueda una espiral

¿Qué debería haber habido ahí,
dentro del triste saco
de plumas ralas
dentro del polluelo muerto?

Debería haber sido el combustible
para las alas, debería haber estado
volando sobre un mar limpio;
no esta porquería con brillos,
este nido infecto.

5. NOTAS EDITORIALES

Una nota podría ser (dijo ella)
retirarse un poco
de la exhortación y la desesperanza

En cambio (dijo ella)
tratar de proporcionar
una hipocomprensión

experiencial de lo humano
el impacto humano (dijo ella)
el pacto humano

y luego dejar a la gente
dejar a la gente llegar
dejar a la gente llegar a sus propias

conclusiones.
Hacerse cargo de sus conclusiones.
Ella dijo:

Hay cierto peligro en eso.

6. EL APRENDIZ DE BRUJO

Ya sabes el viejo cuento:
una máquina hecha por el diablo
que produce todo lo que deseas
con una palabra mágica

y un idiota pide sal,
y sale la sal, más y más,
pero él no logra echar la palanca
del hechizo para apagarlo

así que arroja el artefacto al mar,
y por eso el mar es salado.

El aprendiz de brujo
es la misma historia: *Empezar* es fácil,
Parar es la parte difícil.
Al principio nadie lo piensa.
Luego, es demasiado tarde para *Esperar*.

En nuestro caso, el brujo ha muerto,
quienquiera que fuese, para empezar,
y hemos perdido las instrucciones

y la máquina mágica sigue produciendo,
fabricando montañas de qué sé yo
y lo arrojamos todo al mar
como siempre hemos hecho
y esto no va a terminar bien.

7. BALLENAS

Todos lloraron al verla
en el mar azul cuadrado de la televisión:
tan grande y triste

una ballena madre
llevando a su cría
durante tres días, llorando
su muerte por plástico tóxico.

Tan grande y triste
que apenas podemos comprenderlo:
¿cómo hicimos esto simplemente viviendo
de manera normal,

abriéndonos paso
entre paquetes y envoltorios,
cortando el camino hacia nuestra comida
a través de capas y capas
que la mantienen más fresca,
¿no lo hace todo el mundo?

¿Qué sucedía antes?
¿Cómo podíamos sobrevivir
sólo con papel y vidrio y hojalata
y cáñamo y cuero y hule?

Pero ahora hay una ballena muerta
justo ahí, en la pantalla:
tan grande y triste
hay que hacer algo.

¡Se hará! ¿Se hará?
¿Decidiremos hacerlo, por fin?

8 . PEQUEÑO ROBOT

Éste es el pequeño robot
que acaban de inventar,
con su linda cara de muñeca, de plástico blando.
Su expresión es confiada
aunque ligeramente temerosa:
está diseñado para aprender como un niño.

Le damos objetos:
los palpa, los explora,
los muerde y pregunta,
juega con ellos, asimila.
Luego se aburre
y deja caer las cosas al suelo.

Podría haber fractura,
Quizá incluso lloriqueo.
¿Le importa?
¿Realmente hemos llegado tan lejos?

Está aprendiendo como un niño:
cómo predecir, nos dicen,
probables eventos futuros:
Esto causará aquello.

Pequeño robot con cara de muñeca,
¿qué será de ti
en este mundo que estamos construyendo?
¿Qué harás con nosotros?

¿Dónde te entregarás
cuando seas obsoleto?
¿En qué basurero cósmico?
¿O vivirás para siempre?
¿Nos convertiremos en tus antepasados,
voraces y tediosos?
¿O nos borrarás?
¿Nos tirarás al suelo?
¿Sería eso mejor?

9. EL LADO BUENO

Pero mira el lado bueno,
dices.
¿Ha habido alguna vez tanta claridad?

¿Ha habido alguna vez una flor tan brillante
que haya durado tanto como ésta?
¿En la nieve del invierno, después de un funeral?

¿Ha habido alguna vez un rojo tan rojo,
un azul tan azul?
¡Y tan asequible también!

¿Ha habido alguna vez un cubo
tan ligero como éste, para llevar agua
a los pueblos?

¿Por qué deberíamos usar aquel pesado
que se rompe tan fácilmente?
Por no hablar de la canoa naranja.

En cuanto a tu voz, a dos mil millas de distancia,
pero tan clara como un silbido, justo en mi oído:
¿cómo podría llegar hasta aquí si no?

No me digas que esto no es hermoso:
¡tan hermoso como el día!
O como algunos días.

(Y la adorada bandeja de cubitos de hielo
flexible de color verde guisante
siempre fiable...)

Rastreando la lluvia

Un vapor de grasa fina amarillea el aire.
Respiramos pudín caliente.
Las hojas del jardín están crujientes,
como tafetán antiguo. El antiguo jardín.
Un toque y se hacen añicos.
Olvida el césped,
el antiguo césped,
aunque los dientes de león prosperan:
han sobrevivido a nuestros delicados híbridos.
Sus raíces se aferran a la arcilla cocida.

Todo el día ha estado encima, la lluvia.
Se acumula, se retiene.
Tocamos nuestras pantallas táctiles con el pulgar,
consultando las probabilidades
en los mapas del radar: nubes verdes discurren
de oeste a este,
y se desvanecen antes de alcanzar
el punto que somos.
Un punto rojo estirado, como un bocadillo de cómic
desprovisto de palabras,
como una lágrima al revés.

Ahí es donde vivimos ahora,
dentro de este punto
del color de una tostadora caliente;
dentro de esta burbuja roja seca.

De pie sobre el no-césped,
con los brazos extendidos y la boca abierta.
¿Se quemará o se ahogará?
Aunque hemos olvidado el conjuro,

el canto, la danza,
invocamos un océano vertical,
azul puro, agua pura.
Que caiga.

¡Oh, niños!

¡Oh, niños!, ¿creceréis en un mundo sin pájaros?
¿Habrá grillos donde estéis?
¿Habrá margaritas?
Almejas, por lo menos.
Tal vez ni almejas.

Sabemos que habrá olas.
Éstas no necesitan mucha vida.
Una brisa, una tormenta, un ciclón.
Mareas, también. Piedras.
Las piedras son un consuelo.

Habrá puestas de sol, mientras haya polvo.
Habrá polvo.

¡Oh niños!, ¿creceréis en un mundo sin canciones?
¿Sin pinos, sin musgo?

¿Pasaréis la vida en una cueva,
una cueva sellada con una línea de oxígeno,
hasta que haya un corte de luz?
¿Se os quedarán los ojos en blanco como los ojos de clara
    de huevo
de los peces sin sol?
Allí dentro, ¿qué desearéis?

¡Oh, niños!, ¿creceréis en un mundo sin hielo?
¿Sin ratones, sin líquenes?

¡Oh, niños!, ¿creceréis?

El crepúsculo de los dioses

Malva pálido, rosa pálido, azul pálido,
extravagancias de la atmósfera:
una Pascua decolorada.
Nosotros los dioses presidimos nuestro propio altar.
La cara de halcón de un anciano,
la papada de tirana de una arpía.
Muchas joyas.
Fuera de juego, un pescador solitario en una barca
metálica
lanza lejos partes de un tiburón:
una ráfaga de picos y alas.

Hora de comer. Peristaltismo del corazón.
Sangre prensada.
Arenilla de un glaciar perdido se filtra en nuestros esófagos,
arena gris, granito molido;
también piedra caliza: dientes pequeños, espinas finas
y conchas enanas.
Nos endurecen. Abrimos botellas.

¿Tenemos buena voluntad?
¿Con todo el género humano?
Ya no.
¿La tuvimos alguna vez?

Cuando los dioses fruncen el ceño, el tiempo es malo.
Cuando sonríen, brilla el sol.
Ahora sonreímos todo el tiempo,
sonrisas de lobotomizados,
y el mundo se fríe.

Lo sentimos. Nos volvimos estúpidos.
Bebemos martinis y hacemos cruceros.
Todo lo que tocamos se vuelve rojo.

Este fiordo parece un lago

Nos abrimos paso entre las rocas resbaladizas
sobre las crestas de espuma del arroyo,
con cautela, en la neblina, bajo la lluvia tenue.
Qué colores hay aquí: bayas de cuervo,
redondos ojos negros entre las hojas,
rojo, púrpura, rosa y naranja,
aunque en una semana se esfumarán,
un hecho que no se nos escapa.
¿Qué hay aquí? ¿Un montículo de fino pelo blanco?
¿Han enterrado a alguien?
Sí, a muchos, a lo largo de los años,
aunque esto es sólo liquen.

Aquí están los cuervos, como esperando una señal.
¿Serás tú el siguiente?, nos preguntan.
Entienden la carne menguante:
tan ávidos de un bocado.
Esperad un poco, les decimos.
Todo a su tiempo.
Mientras tanto, los estanques son bellos,
las piedras amarillas, el musgo verde, la hierba alevosa,
las tumbas abandonadas hace tiempo, los pequeños
    sauces viejos.

V

Un día

(*Las Tres Parcas cantan a coro*)

Un día seré vieja,
dijiste; digamos
mientras tendías la ropa,
las sábanas, los almohadones,
con su olor blanco a lluvia de junio
en los años en que todavía hacías eso
y las flores del peral caían a tu alrededor,
alegres como bodas,
y tu cerebro cantaba *Yeah yeah yeah*
como un grupo de acompañamiento,
tres chicas de piernas largas
y botas hasta los muslos, meneando sus minifaldas
como abejas anunciando miel en una ardua danza
a compás.

Con el tiempo mis ojos se encogerán, *Yeah yeah*
mi boca se llenará de metal,
mi columna se desmoronará, *Yeah yeah*
yeah, cantaban las tres chicas ágiles
que ahora tenían maquillaje plateado
y pelo verde en punta.
Pero tal vez obtenga sabiduría,
dijiste, riendo,
como atravesando una puerta.
¡Oh, sí! cantaban. ¡A la mierda con eso!
¿Quién la necesita de todas maneras?
Luego las olvidaste.

Hoy estás hurgando con tu palo
entre las hostas marchitas

del jardín silencioso.
¿Dónde está?, les preguntas
a los últimos ásteres azules,
a las hojas amarillas que flotan en el estanque
del bebedero circular de piedra para los pájaros.
¿Dónde está esa sabiduría?
Por no hablar de la música.
Debe de estar por aquí, en alguna parte.
Ahora que la necesito.

Ya nadie hace los coros.
Ahora solo susurran
en su pálido camuflaje amarillo.
También tienen palos.
Por allí, dicen, *oh, yeah*.
La sabiduría.
Prueba con los geranios.

Escarbas con tu palo:
Solo tierra y raíces. Una piedra.
Tal vez haya una puerta, te dices.
Yeah, yeah, susurran.
Pero nada está cerrado. No hay ningún
misterio. Nunca lo hubo.
Simplemente abre.
Simplemente baja.

Utensilios tristes

La pluma despojada de la mano,
el cuchillo, lo mismo.
El violonchelo despojado del arco.
La palabra despojada del orador
y viceversa.

La palabra *despojado:*
¿quién dice eso hoy en día?
Sin embargo se pulió, como todas las palabras,
en las bocas de cientos, de miles,
rodó como piedra sonora una y otra vez,
afilada por los que ya están muertos
hasta que alcanzó esta forma:
despojado
despojado
una tela rasgada, a jirones.
A jirones — una pequeña puesta de sol,
nubes color melocotón desteñidas hasta el teja:
otra pérdida.

¿Y qué hacer con estos binoculares
de sesenta años o más de antigüedad,
despojados de su guerra?

Vacaciones de invierno

Qué rápido sobrevolamos el tiempo,
dejando tras nosotros
un rastro de migas de magdalena
y toallas mojadas y jabones de hotel,
como piedras blancas en el bosque.
Pero algo las ha erosionado:
no podemos seguirlas de vuelta
hasta aquel prado donde empezamos con tanto entusiasmo,
con las tazas llenas de bayas y los padres,
que aún no nos habían abandonado
para probar su suerte bajo tierra.

Nuestra ropa tropical es despiadada:
tiene toda la intención de sobrevivirnos.
Nos estamos acartonando en su interior,
perdiendo el calcio de los huesos.
Luego están nuestros taimados sombreros:
los pillamos mirándonos con desdén en los espejos.
Podríamos permitirnos camisetas nuevas,
atrevidas, con eslóganes groseros,
pero nos parece un derroche:
ya tenemos demasiadas.
Además nos atacarían en grupo,
se arrastrarían por el suelo,
se enredarían en nuestros tobillos,
y luego nos caeríamos por las escaleras.

A pesar de todo esto, viajamos deprisa,
viajamos más rápido que la luz.
Ya casi es el año que viene,
ya casi es el año pasado,
ya casi es el año anterior:

nos resulta familiar, pero no podemos jurarlo.
¿Qué tal este bar al aire libre,
el de la palmera de cristal coloreado?
Sabemos que ya hemos estado aquí.
¿O estuvimos? ¿Estaremos alguna vez?
¿Volveremos a estar?
¿Queda lejos?

Paso izquierdo al frente

Mi amor verdadero cojea por la calle
paso izquierdo   paso derecho al frente   paso cojo
él, que había desfilado en el ejército.

Ahora está ahí arriba, delante, su silueta
contra las ventanas relucientes, contra
los abrigos de cuero, las Sunglass Hut,
Joyas para Señoras:

Paso izquierdo, paso derecho al frente…
Ahora se ha marchado. Unido a la sombra.

Tal vez no sea él. No el mismo,
el tragaleguas en los bosques de otoño, hojas amarillas,
un efluvio a nieve
en el suelo helado, osos alrededor,
una capa de hielo en los estanques.
Luego cuesta arriba, paso izquierdo al frente, yo jadeando
para seguir el ritmo.

¿Qué pasó? ¿Qué le ocurrió?
¿Por qué sigues caminando?,
dijo el doctor. No tienes rodilla.
Pero sigue cojeando, sin que yo lo vea,
detrás de la esquina,
esforzándose por llegar allí:
a algún refugio cálido, rincón amable
o bebida, o silla.

El semáforo rojo cambia. La oscuridad se agolpa:
sí que es él,
ni siquiera llega tarde, su paso de bastón

paso izquierdo, paso derecho al frente,
marcha lenta. Había

había una vez,
un bastón
como tic, como tac.

El señor Corazón de León

El señor Corazón de León está fuera hoy.
Viene y va,
centellea intermitentemente.
Puede que hayas oído un rugido,
puede que no.

¿Qué es lo que ha olvidado
esta última vez?
No me refiero a las llaves, ni al sombrero.
Me refiero a sus días leonados,
el sol, el galope dorado.
Todo nuestro baile greñudo.
Retorna a él en destellos,

pero ¿y luego qué? Luego el pesar
porque ya no somos.
Hay canto de pájaros, no obstante,
proveniente de pájaros cuyos nombres han desaparecido.

Los pájaros no los necesitan, esos nombres perdidos.
Nosotros los necesitábamos, pero eso era entonces.
Ahora, ¿a quién le importa?
Los leones no saben que son leones.
No saben lo valientes que son.

Hombre invisible

Era un problema en los tebeos:
dibujar un hombre invisible.
Lo resolvían con una línea de puntos
que sólo nosotros podíamos ver,

nosotros con nuestras narices respingonas pegadas al papel,
el cristal invisible entre nosotros y el lugar
donde los hombres invisibles pueden existir.

Eso es lo que me espera:
un hombre invisible
definido por una línea de puntos:

la forma de una ausencia
en tu lugar en la mesa,
sentada frente a mí,
comiendo tostadas y huevos, como siempre,
o subiendo por el camino de entrada,
un crujido de hojas secas,
un leve espesor del aire.

Eres tú en el futuro,
ambos lo sabemos.
Estarás aquí, pero no aquí,
una memoria muscular, como colgar un sombrero
en un gancho que ya no está.

Pantuflas plateadas

Ya no bailo, pero todavía
llevo mis zapatos plateados

mis pantuflas plateadas,
con todos sus deseos agotados

y sin manera de volver a casa.
Me saltaré la cena, de esas con manteles

y velas encendidas para dos. Estaré sola,
sentada frente a una ausencia.

¡Oh! ¿Adónde has ido y cuándo?
No ha sido a Kansas.

Me quedaré a solas en esta habitación de hotel
y mordisquearé un cuadrado de queso cheddar

que me guardé del avión.
También las almendras saladas.

Eso me ayudará a sobrellevar el trago.
No tendré hambre.

Actuaré como si estuviera ocupada.
Pero nada de eso me protegerá:

ni las sábanas de seda
ni las almohadas que se elevan como globos,

ni siquiera la revista de viajes de la felicidad
con sus sueños de ilusionista,

el cerebro de mono alado
que me lleva volando a Nunca Jamás,

tanta comodidad y protección,
no lo compensan.

Ése, el momento que sabemos que está llegando,
el clic de los segundos

en el despertador azul de la mesilla,
la cuenta atrás mientras la casa volante desciende

hacia un silencioso choque, corazón hechicero muerto
y zapatos plateados vacíos, punto final.

Dentro

Desde fuera vemos un marchitamiento,
pero por dentro, como lo sienten
el corazón y el aliento y la piel interior, qué diferente,
qué vasto   qué sereno   qué parte de todo
qué oscuridad estrellada. Último aliento. Divino
tal vez. Tal vez alivio. Los amantes atrapados
y lacrados dentro de una caverna,
las voces alzadas en un último dueto flotante,
hasta que la pequeña luz de cera
se apaga. En fin, de todos modos
yo te sostuve la mano y tal vez
tú sostuviste la mía
mientras la piedra o el universo se cerraban
a tu alrededor.
Aunque no del mío. Yo sigo estando fuera.

Electrocardiograma plano

Las cosas se desgastan. También los dedos.
Se forman nudos.
Tus manos se encogen en sus manoplas,
olvídate de los palillos chinos y de los botones.

Los pies tienen sus propios planes.
Desprecian tu gusto por los zapatos
e ignoran tus senderos, tus mapas.

Las orejas son superfluas:
¿Para qué sirven,
extraños colgajos rosados?
Los hongos en el cráneo.

El cuerpo, en su día tu cómplice,
es ahora tu trampa.
El amanecer te dobla del dolor:
demasiado brillante, demasiado rosado.

Después de una vida de enredos,
de trampas enmarañadas y encajes,
de tornados violáceos en la mente
con su corazón acelerado y sus escombros,
anhelas el final de los laberintos

y rezas por una orilla blanca,
un océano con su horizonte;
no tanto la dicha,
sino una línea recta adonde dirigirte.

Sin más silbidos ni chapoteos,
sin arrecifes, ni profundidades,
sin ruido de grava en la garganta.

Suena así:

Cadáver desencantado

Cadáver desencantado:
éste parece ser el nuevo nombre
para un cuerpo muerto.

La magia te ha abandonado:
ese destello, ese brillo, se ha ido.
Luciérnaga seca.

Pero si ahora estás desencantado,
¿quién te encantó, en aquel entonces?
¿Qué mago o hechicera arrojó sobre ti
la red de palabras, el hechizo,
colocó el pergamino en tu boca de
barro de gólem?

Vida, vida, cantabas
con cada célula,
obligado a bailar
mientras el hechizo te encadenaba
y abrasabas el aire.
Luego se hizo medianoche y una llama pálida se elevó
desde ti y colapsaste en hueso.

Cadáver desencantado, dicen.
Inerte. Vaciado de plegarias,
endeble frente a todos los conjuros.
Una quimera, un fragmento.
Sin vida. Sin.

¿O eres tú? ¿O es?

Sinceramente

Es una palabra antigua, que ya se desvanece.
Sinceramente deseé.
Sinceramente anhelé.
Lo amé sinceramente.

Avanzo por la acera,
conscientemente, a causa de mis rodillas deshechas
que me importan una mierda, mucho menos
de lo que puedas imaginar
porque hay otras cosas más importantes,
espera, ya verás;

sosteniendo medio café
en una taza de papel con
(sinceramente lo lamento)
una tapa de plástico,
tratando de recordar lo que un día significaron las pala-
bras.

Sinceramente.
¿Cómo se usaba?
Mis sinceramente queridos hermanos.
Mis sinceramente queridos hermanos, estamos reunidos.
Mis sinceramente queridos hermanos, estamos aquí
reunidos
en este álbum de fotos olvidado
que encontré hace poco.

Ya desvaneciéndose,
los sepias, los blancos y los negros, las impresiones a color,
todos mucho más jóvenes.
Las Polaroids.

¿Qué es una Polaroid?, pregunta el recién nacido.
Recién nacido hace una década.
¿Cómo explicarlo?
Sacabas la foto y luego salía por la parte superior.
¿La parte superior de qué?
Veo a menudo esa mirada desconcertada.
Es tan difícil describir
los mínimos detalles de cómo,
todos aquellos sinceramente reunidos,
de cómo vivíamos.
Envolvíamos la basura
en periódicos atados con una cuerda.
¿Qué es un periódico?
¿Ves lo que quiero decir?

Cuerda, sin embargo, todavía tenemos cuerda.
Une las cosas.
Una cuerda de perlas.
Eso es lo que dirían.
¿Cómo llevar la cuenta de los días?
Cada uno brillando, cada uno solo,
cada uno luego desaparecido.
He guardado algunos en un papel, en un cajón,
aquellos días, que ahora se desvanecen.
Los abalorios se pueden usar para contar.
Como en los rosarios.
Pero no me gustan las piedras alrededor de mi cuello.

A lo largo de esta calle hay muchas flores,
que ahora se están marchitando porque es agosto
y hay polvo y se acerca el otoño.
Pronto florecerán los crisantemos,
las flores de los muertos, en Francia.
No pienses que esto es morboso.
Es sólo la realidad.

Es muy difícil describir los pequeños detalles de las flores.
Esto es un estambre, nada que ver con el hambre.
Esto es un pistilo, nada que ver con las pistolas.

Son los pequeños detalles los que frustran a los traductores
y a mí también, cuando intento describir.
Mira lo que quiero decir.
Puedes alejarte. Puedes perderte.
Las palabras también pueden hacer eso.

Queridos hermanos, reunidos aquí juntos
en este cajón cerrado,
que ya se desvanece, os extraño.
Extraño a los desaparecidos, los que se fueron antes.
Extraño incluso a los que todavía están aquí.
Os extraño sinceramente a todos.
Sinceramente me apeno por vosotros.

Apenar: ésa es otra palabra
que ya no se oye mucho.
Me apeno sinceramente.

Moras

A primera hora de la mañana, una anciana
recoge moras a la sombra.
Más tarde hará demasiado calor,
pero ahora hay rocío.

Algunas bayas caen: ésas son para las ardillas.
Algunas no están maduras, reservadas para los osos.
Algunas van al cuenco de metal.
Ésas son para ti, para que puedas probarlas
durante un instante.
Eso son los buenos momentos: un poco de dulzura
tras otra y luego termina rápido.

En su día, esta anciana
que estoy evocando para ti
habría sido mi abuela.
Hoy soy yo.
Dentro de unos años podrías ser tú,
si tienes suficiente suerte.

Las manos que se introducen
entre las hojas y las espinas
fueron una vez de mi madre.
Yo las he transmitido.
Dentro de unas décadas, estudiarás tus propias
manos temporales y recordarás.
No llores, esto es lo que sucede.

¡Mira! El cuenco de acero
está casi lleno. Suficiente para todos nosotros.
Las moras brillan como el cristal,
como los adornos de cristal

que colgamos de los árboles en diciembre
para recordar que debemos estar agradecidos por la nieve.

Algunas bayas crecen al sol,
pero son más pequeñas.
Es lo que siempre te dije:
las mejores crecen a la sombra.

Agradecimientos

Algunos de estos poemas han aparecido previamente en los siguientes periódicos y revistas:

Audubon
Harper's Bazaar
The New Yorker
Poetry Ireland Review

y en la plataforma online Wattpad

y en las siguientes antologías:

Edward Burtynsky, Jennifer Baichwal y Nicholas de Pencier, *Anthropocene*, Gotinga, Steidl, 2018.

David Lehman y Major Jackson (eds.), *The Best American Poetry 2019*, Nueva York, Scribner, 2019.

American Bird Conservancy, *Bringing Back the Birds: Exploring Migration and Preserving Birdscapes throughout the Americas*, Seattle, Braided River, 2019.

Joyce Carol Oates (ed.), *Cutting Edge: New Stories of Mystery and Crime by Women Writers*, Nueva York, Akashic Books, 2019.

Lisa Appignanesi, Rachel Holmes y Susie Orbach (eds.), *Fifty Shades of Feminism*, Londres, Virago, 2013.

John Freeman (ed.), *Freeman's: Power*, Nueva York, Grove Press, 2018.

Joseph Boyden (ed.), *Kwe: Standing With Our Sisters*, Toronto, Penguin Canada, 2014.

John Freeman (ed.), *Tales of Two Planets: Stories of Climate Change and Inequality in a Divided World*, Nueva York, Penguin Books, 2020. [Hay trad. cast.: *Relatos de dos planetas: Historias sobre cambio climático y desigualdad*, Madrid, Continta Me Tienes, 2021.]

Los poemas «Oh Children» [«¡Oh, niños!] y «Blackberries» [«Moras»] fueron grabados previamente en vinilo como parte del álbum *7-inches for Planned Parenthood.*

«Songs for Murdered Sisters» [«Canciones para hermanas asesinadas»] es un ciclo de canciones escrito para el barítono Joshua Hopkins, en honor a su propia hermana asesinada. La música fue compuesta por Jake Heggie.

Índice